RETROUVEZ **Oui-Oui** DANS

Oui-Oui et les ours en peluche
Oui-Oui et les lapins roses
Oui-Oui et le kangourou
Oui-Oui a perdu son bonnet
Oui-Oui tête en l'air
Oui-Oui et le magicien
Oui-Oui et les trois lutins
Oui-Oui et l'anniversaire des éléphants
Oui-Oui décroche la lune

MA PREMIÈRE BIBLIOTHÈQUE ROSE

Une surprise pour Oui-Oui
Oui-Oui champion
Oui-Oui et le vélo-car
Oui-Oui à la plage
Oui-Oui voit du pays
Oui-Oui et la voiture jaune
Oui-Oui veut faire fortune
Oui-Oui marin
Les vacances de Oui-Oui

Enid Blyton

Oui-Oui
a perdu
son bonnet

Illustrations de Jeanne Bazin

© Enid Blyton Ltd.
La signature d'Enid Blyton est une marque déposée
qui appartient à Enid Blyton Ltd. Tous droits réservés.

© Hachette Livre, 1995, 1998, 2000.

Hachette Livre, 43, quai de Grenelle, 75015 Paris.

1

Où est ton bonnet, Oui-Oui ?

Cet après-midi-là, après avoir rangé son armoire, Oui-Oui partit gaiement dans les rues de Miniville.

« Taxi ? Qui veut monter dans mon taxi ? »

Tout à coup… « Toc ! Tagadac ! Toc ! Tagadac ! Toc ! », il entendit un bruit bizarre dans son moteur.

« Diable ! Qu'est-ce que cela veut dire ? »

Il sortit en vitesse de sa voiture. Il souleva le capot. Rien d'anormal ! Il se glissa alors entre les quatre roues, sous la carrosserie.

« Ah ! Ah ! fit-il, un écrou qui s'est desserré ! Je n'ai qu'à prendre ma clef à molette et le remettre en place. Allons-y ! Mais je ferais peut-être mieux d'enlever mon bonnet. La dernière fois que j'ai réparé ma voiture sans l'ôter, il était plein de cambouis. »

Juste à ce moment-là arriva Mathurin le matelot.

« Oh ! Oh ! s'écria-t-il, ça a l'air bien intéressant, ce que tu es en train de faire, Oui-Oui !

— Tiens-moi donc mon bonnet ! » répliqua Oui-Oui. Mathurin prit le bonnet.

« Il me plaît bien, se dit-il. Il me plaît même beaucoup. Surtout son petit grelot qui fait "Dring ! Dring !"… Si je l'essayais ? »

Il enleva aussitôt son béret

à pompon et mit le bonnet.

« Oui-Oui, tu as vu comme je suis beau ?

— C'est bien le moment de me demander ça ! Tout ce que je veux voir, pour

l'instant, c'est mon écrou. Je n'arrive pas à le faire tourner avec cette stupide clef à molette. Ouille ! Je me suis pincé le doigt ! »

Mathurin en eut bientôt assez d'attendre. Il alla jeter un coup d'œil à la vitrine d'une pâtisserie. Comme les gâteaux avaient l'air appétissants !

« Et si j'en achetais un pour Oui-Oui et un pour moi ? »

Il entra dans le magasin

où déjà beaucoup de monde attendait son tour. Quand Oui-Oui se releva, Mathurin était encore dans la pâtisserie.

« Ouf ! fit Oui-Oui. J'y suis

enfin arrivé. Maintenant, petite voiture, tu es comme neuve !... J'ai promis à Mme Bouboule d'être à la gare à temps pour l'arrivée du train. Je ferais mieux de me dépêcher. »

Et il démarra bien vite. Il avait oublié que Mathurin avait son bonnet...

Quand le matelot sortit de la boutique avec ses deux gâteaux, la voiture et Oui-Oui avaient disparu !

« Ça alors ! s'écria

Mathurin stupéfait, Oui-Oui est parti sans son bonnet ! Qu'est-ce que je vais en faire ?... Oh ! Voici Mlle Chatounette ! Peut-être verra-t-elle Oui-Oui

dans le courant de l'après-midi. Je vais le lui donner ! »

Il confia donc le bonnet bleu à Mlle Chatounette.

« Je le rendrai à Oui-Oui dès que je le verrai ! » promit-elle en agitant son ombrelle.

Au même moment, Oui-Oui arrivait à la gare. Le minitrain venait juste de s'arrêter. Mme Bouboule, l'ourse en peluche, en descendit avec trois gros sacs et un immense panier d'osier. Oui-Oui se précipita sur le quai pour l'aider.

Il rangea les bagages pendant que Mme Bouboule s'installait dans le taxi.

« Où donc est ton bonnet ? » s'écria-t-elle alors.

Oui-Oui se passa la main dans les cheveux.

« Tiens, c'est vrai ! Je ne l'ai pas. Qu'est-ce que j'ai bien pu en faire ?... Ah ! Oui ! Je sais. Je l'ai donné à tenir à Mathurin pendant que je réparais ma voiture... Ah ! Zut ! Zut ! Zut ! Il faut que je retrouve ce matelot le plus vite possible. »

Il transporta l'ourse et ses bagages jusque chez elle. Elle lui donna vingt sous : dix sous pour elle, et dix sous pour ses bagages.

Oui-Oui fut bien content.

« Maintenant, je n'ai plus qu'à partir à la recherche de Mathurin et de mon bonnet ! »

Il commença par rouler tout doucement. À un carrefour, il aperçut le gendarme qui réglait la circulation. Oui-Oui s'approcha de lui.

« Hello ! fit le gendarme. Qu'as-tu donc fait de ton bonnet ? J'espère que ce n'est pas ce voleur de Grosminou qui te l'a pris ? Si c'est le cas, j'aime mieux te dire qu'il m'entendra parler !...

— C'est Mathurin qui a mon bonnet, répliqua Oui-

Oui. Et je le cherche. L'avez-vous vu ?

— Justement oui ! Il descendait de la colline. Si tu te dépêches, tu pourras peut-être le rattraper ! »

Tut ! Tut ! Si Oui-Oui se dépêcha ! Il fila à la poursuite de Mathurin à plus de cent à l'heure. Tut ! Tut !

Enfin il rattrapa le matelot.

« Oh ! fit Mathurin. Tu m'as fais peur ! Où donc est ton bonnet ?

— C'est toi qui me le demandes ? s'écria Oui-Oui indigné. Alors que je te l'avais donné à tenir !

— Mais je l'ai remis à Mlle Chatounette ! Elle devait te le rapporter !... Je dois rentrer chez moi maintenant. Au revoir, Oui-Oui ! »

« C'est bien ma veine ! se dit Oui-Oui. Où peut bien être Mlle Chatounette ? »

Il parcourut plusieurs fois

avec sa voiture les rues de Miniville, et finit par apercevoir Mlle Chatounette derrière les grilles d'un jardin.

Tut ! Tut ! Il klaxonna très fort. Elle leva la tête et reconnut Oui-Oui.

« Où est ton bonnet ? demanda-t-elle aussitôt.

— Oh ! J'en ai assez ! s'écria Oui-Oui. J'en ai assez ! Les gens n'arrêtent pas de me demander : où est ton bonnet ? Cela commence à bien faire ! »

2

Le goûter chez Potiron

Oui-Oui n'était pas du tout content !

« Mathurin le matelot m'a dit qu'il vous l'avait donné pour que vous me le remettiez quand vous me verriez.

— C'est vrai, mais je ne t'ai pas vu. Aussi, j'ai laissé le bonnet chez Léonie Laquille. Elle m'a dit qu'en faisant ses courses, elle passerait devant chez toi.

— Décidément, je n'arrête pas de courir après ce bonnet ! »

Oui-Oui remonta en voiture. Vroum ! Il démarra en vitesse. Et soudain, il aperçut Léonie Laquille qui trottinait à quelques mètres devant lui.

Vroum ! Vroum ! Il accéléra. Et en arrivant à sa hauteur, il appuya de toutes ses forces sur le klaxon. Tut ! Tut !

Léonie Laquille sursauta.

« Oui-Oui ! Tu m'as fait peur ! Où donc est ton bonnet ?

— C'est vous qui devriez le savoir ! s'écria Oui-Oui. Vous avez dit à Mlle Chatounette que vous alliez passer devant chez moi. Mais vous en êtes bien loin !

— Je devais aller dans ta rue, mais je me suis rappelé tout à coup que j'avais mis à cuire un gâteau. Aussi j'ai donné ton bonnet au petit Bouboule, le fils de tes voisins, et je lui ai demandé de l'accrocher à ta porte. »

Oui-Oui mit à nouveau sa voiture en marche. Il était de moins en moins content.

« Moi qui suis invité à goûter chez mon ami le nain Potiron ! Je vais sûrement être en retard ! »

Potiron habitait un gros champignon dans la forêt voisine. C'était le meilleur ami de Oui-Oui.

Le petit pantin roula le plus vite qu'il put jusqu'à sa petite-maison-pour-lui-tout-seul. Il pensait bien que son bonnet serait accroché au bouton de sa porte. Mais lorsqu'il arriva, il vit tout de suite qu'il n'y était pas.

Le petit Bouboule était en train de jouer dans son jardin, tout à côté de la maison de Oui-Oui.

« Petit Bouboule ! cria Oui-Oui.

— Bonjour, Oui-Oui. Où est ton bonnet bleu ?

— Pourquoi ne l'as-tu pas accroché à ma porte

comme Léonie Laquille te l'a demandé, méchant petit ours !

— Eh bien, justement, je l'ai mis à ta porte. Et je ne suis pas un méchant petit ours. Si tu me parles comme ça, la prochaine fois, je jetterai ton bonnet dans le ruisseau !

— En voilà des manières, petit ours mal élevé !... Bon, je suppose que le vent a emporté mon bonnet et je vais encore perdre un

peu plus de temps à le chercher. Je serai en retard chez Potiron ! Pourvu qu'il ne soit pas trop fâché ! »

Cette fois, Oui-Oui se mit à rouler tout doucement. Il regarda partout, tout autour de sa maison, sur le chemin, sur les talus, dans les buissons. Mais il ne trouva rien.

« Tant pis ! » finit-il par dire.

Il se dirigea tristement vers le bois des Champignons où habitait son ami Potiron.

« Et s'il me demande lui aussi : où est ton bonnet ? Je… Je ne sais pas ce que je ferai. J'en ai vraiment assez

d'entendre toujours cette stupide question ! »

Potiron était à sa fenêtre.

« Entre, Oui-Oui ! s'écria-t-il. Sais-tu que tu es en retard ? Je t'avais préparé des tartines de beurre, mais je les ai toutes mangées en t'attendant.

— Oh ! Potiron ! Moi qui aime tant les tartines de beurre !… »

Oui-Oui en aurait presque pleuré. Traînant les pieds, il alla s'installer au coin du feu. Et — le croirez-vous ? — la première chose qu'il aperçut sur le dessus de la cheminée, ce fut… son joli petit bonnet bleu.

« Regarde ! » hurla-t-il d'un ton stupéfait.

Moustache, le gros chat noir de Potiron, en fut tout effrayé, et zim ! sauta d'un bond par la fenêtre.

« Mon bonnet ! continua Oui-Oui. J'ai passé mon après-midi à le chercher… Où l'as-tu trouvé, Potiron ?

— Je dois te dire qu'il était dans un drôle d'endroit. Je suis allé tout à l'heure à bicyclette jusqu'à Miniville, et je suis passé devant chez toi. J'ai frappé, mais tu n'étais pas là.

— Bien sûr que non ! J'étais en train de chercher mon bonnet !

— Crois-moi si tu veux : ton bonnet était accroché au bouton de la porte. J'ai

pensé que tu l'avais perdu quelque part et qu'on l'avait rapporté chez toi. Puisque Oui-Oui vient goûter chez moi aujourd'hui, me suis-je dit, je vais mettre son bonnet dans ma sacoche de bicyclette. Comme ça, il le trouvera en arrivant. Et il sera bien content.

— Alors ça, c'est le comble ! s'exclama Oui-Oui. Je devrais être bien content !... Potiron, c'est ta faute si je suis en retard pour goûter ! Je suis revenu chez moi tout exprès pour prendre mon bonnet car je savais qu'il devait être accroché à ma porte. Mais

quand je suis arrivé, plus rien ! J'ai passé des heures à le chercher ! Si seulement j'étais venu tout droit ici ! J'aurais eu mon bonnet tout de suite, et je serais arrivé à temps pour manger des tartines de beurre ! »

Potiron éclata de rire.

« Oh ! Oui-Oui !... Quel drôle de petit bonhomme tu es ! Écoute, je vais te faire des tartines, des montagnes de tartines, et toi, tu me raconteras

toute l'histoire du bonnet.

— Ah ! Non ! Tu te moquerais encore de moi ! C'est moi qui vais faire les tartines, Potiron, tu sais que j'aime bien les faire.

Donne-moi seulement le pain et le beurre... Et quand je repartirai tout à l'heure, fais-moi penser à mon bonnet.

— Je vais te le remettre tout de suite sur la tête. Là ! Dring ! Dreling !... Tu entends son petit grelot ? Au travail, maintenant ! Je coupe les tartines et tu étales le beurre... Je crois que je vais en manger encore quelques-unes pour te tenir compagnie... »

3

Oui-Oui
fait les courses

Quelques jours plus tard, Potiron eut un gros rhume, et il dut rester au lit. Aussi fut-il vraiment content lorsqu'il entendit tout à coup

le moteur de la voiture de son ami Oui-Oui.

Celui-ci fut bien étonné de trouver Potiron au lit.

« Oh ! Potiron, qu'est-ce que tu as ? Tu es malade ?

— Ce n'est qu'un gros rhume… Aaa… Atchoum !… Oui-Oui, veux-tu donner un bol de lait à mon pauvre Moustache ? Il est encore à jeun, parce que je n'ai pas eu la force de sortir de mon lit ! »

Oui-Oui alla ouvrir le réfrigérateur.

« Potiron, il n'y a plus de lait !

— Pourrais-tu aller me chercher quelques provisions ? Je vais te dire tout ce qu'il me faut.

— Je vais y aller tout de suite », répondit Oui-Oui.

Et sa petite tête de bois se mit à s'agiter si vite que son grelot fit : « Dring ! Dring ! Dreling ! » sans s'arrêter.

« Viens, Moustache, reprit-il vivement. Je vois qu'il reste pour toi un petit poisson ! »

Le gros chat noir de Potiron dévora avidement le petit poisson. Mais dès qu'il eut fini, il se mit à miauler très fort.

« Il voudrait du lait, expliqua Potiron. Oui-Oui, prends-en deux bouteilles. Prends aussi un pot de miel, une baguette de pain, une demi-livre de beurre,

du café, et un beau gâteau au chocolat.

— Un gâteau au chocolat ? fit Oui-Oui, surpris. Moi, quand je suis malade, je n'ai pas envie de gâteau !

— Aaaaaatchoum ! fit Potiron. Le gâteau sera pour toi. Je me suis dit que tu aimerais peut-être goûter avec moi ?

— Oh ! Oui ! Potiron, je pars tout de suite ! Tu ne veux rien d'autre ?

— Euh… Euh… Laisse-moi réfléchir… Je crois qu'il me faudrait une bouillotte, et puis aussi une paire de chaussons de lit pour me tenir les pieds au chaud.

— Je te rapporte tout ça le plus vite possible, promit Oui-Oui en se précipitant vers sa voiture.

— Miaou ! fit Moustache.

— N'aie pas peur, je penserai à ton lait. »

Vroum ! Il démarra en trombe. Tut ! Tut ! Tut ! Il se mit à klaxonner sans arrêt pour obliger les petits lapins à se détourner de son chemin.

Potiron éternuait de plus en plus. Aaatchoum ! Aaat-

choum ! Cela le secouait tellement qu'une fois il faillit en tomber de son lit.

« Dépêche-toi, petit Oui-Oui, je suis vraiment mal en point ! »

Potiron marmonna cela d'une voix si malheureuse que Moustache en fut tout bouleversé. Miaou ! Miaou ! Qu'arrivait-il donc à Potiron ?

Tous deux poussèrent un soupir de soulagement quand ils entendirent revenir la voiture de Oui-Oui. Broum ! Broum ! Quel bruit sympathique ! Puis la porte s'ouvrit d'un seul coup. Bing ! Et Oui-Oui entra, les bras chargés de sacs et de paquets.

« Je n'ai pas mis trop longtemps ?... Regarde, voici déjà le pot de confiture...

— Mais j'avais dit du miel, fit Potiron, étonné.

— C'est vrai ?... Je ne suis pas arrivé à me le rappeler ! Ça ne fait rien, tu aimes la confiture de framboise. Et voici un quart de lait, et...

— Un quart ? J'avais dit deux bouteilles !... Qu'est-ce que c'est que ces trois baguettes de pain ? J'en aurai pour huit jours, et il ne sera plus frais ! Je t'avais dit UNE baguette !

— Une ? C'est bien ce que je me disais. Mais je

n'en étais pas sûr, alors j'en ai pris trois ! Tant pis, j'en garderai une pour moi… Une demi-livre de beurre…, c'était bien ça ?

— Oui ! heureusement que tu ne m'en as pas rapporté dix kilos !

— Et voici le gâteau au chocolat ! »

Oui-Oui, très fier de lui,

sortit d'une grosse boîte de carton un énorme et magnifique gâteau, fourré à la crème et recouvert de chocolat. Potiron se contenta de grogner et tourna sa tête du côté du mur. Puis il finit par gémir :

« Quelle horrible chose ! Cela me rend malade rien que de le sentir ! Si tu manges tout ça à ton goûter, Oui-Oui, tu vas sûrement éclater !

— J'avais pensé que tu

aurais peut-être faim quand tu verrais un tel chef-d'œuvre... Potiron, j'espère que je ne me suis pas trompé pour tes deux dernières commissions ? Je savais que je devais t'acheter une bouille... quelque chose, mais je ne me suis plus rappelé une bouille quoi. J'ai pris une bouilloire. C'était ça ?

— Non ! hurla Potiron que la colère commençait à gagner. Je t'ai demandé une

BOUILLOTTE ! J'ai froid aux pieds, et je n'ai pas besoin de bouilloire. J'en ai déjà au moins trois ! M'as-tu rapporté au moins mes chaussons de lit ?... À défaut

de bouillotte, je pourrai toujours les enfiler pour avoir un peu de chaleur.

— Oh ! fit Oui-Oui, d'un air tout à fait navré. C'étaient des chaussons de lit que tu voulais ?... Je t'ai rapporté des chaussons de danse... Regarde, ne sont-ils pas jolis ? »

Potiron regarda d'un air lugubre les chaussons de satin rose que lui montrait Oui-Oui.

« Atchoum ! Atchoum ! »

fit-il soudain si fort que Oui-Oui et Moustache en sursautèrent tous deux.

Puis Potiron explosa :

« Et tu t'es imaginé que j'allais mettre ça ?

— Je crois bien que je n'ai pas une très bonne mémoire, fit Oui-Oui en soupirant.

— Ce serait plutôt le

contraire ! s'exclama le pauvre Potiron. Donne toujours un peu de lait à Moustache, il l'attend depuis si longtemps ! »

Oui-Oui versa un bol de lait à Moustache. Il était tout triste. Pourquoi donc avait-il fait les commissions tout de travers ?

« Atchoum ! éternua encore Potiron. La prochaine fois, je te ferai une liste par écrit. Comme cela, tu ne pourras pas te tromper.

Cela ne t'ennuie pas de me faire une soupe au lait ?

— J'en serai très heureux ! »

Oui-Oui se mit au travail, et bientôt Potiron reçut sur un plateau une délicieuse assiette de soupe au lait. Il aimait beaucoup ça, surtout quand il était malade.

Oui-Oui approcha la table près du lit et se coupa un gros morceau de gâteau au chocolat. Puis il en mangea un autre, puis encore

un autre. Il en mangea quatre énormes morceaux ! Potiron n'en revenait pas.

« Je n'aurais pas cru qu'un aussi petit bonhomme que toi puisse manger tant,

en si peu de temps ! En veux-tu encore un bout, Oui-Oui ?

— En ce moment, je ne peux plus, vraiment plus... Il faut que je m'en aille, Potiron, parce que j'ai promis à M. Bouboule de le conduire à la gare. Mais je reviendrai demain matin, de très bonne heure, et, si tu as d'autres courses à faire, tu peux compter sur moi !

— Hum ! fit Potiron.

Alors je te ferai une liste... parce que si je te demande de m'acheter un peu de hachis, tu me rapporteras un hachoir... Et, à la place d'une côtelette de porc,

tu serais capable de me rapporter un petit cochon vivant ! »

Cela fit beaucoup rire Oui-Oui...

Vite, il arrangea les oreillers de Potiron, remit du bois dans le feu et cria au revoir.

Puis on entendit démarrer sa petite voiture.

4
La guérison de Potiron

Le lendemain, il arriva de bonne heure à la maison-champignon. Il ouvrit la porte et vit que Potiron

dormait. Le malade avait meilleure mine.

« Il vaut mieux que je ne le réveille pas, se dit Oui-Oui. Voyons s'il m'a fait une liste de commissions. »

Oui-Oui regarda un peu partout dans la chambre et finit par s'approcher du lit. Moustache s'était installé sur l'édredon. Il se mit à ronronner doucement, très content de voir Oui-Oui.

« Je vais te verser un peu de lait dans un bol, lui dit

Oui-Oui. Et je vais te donner un poisson que je t'ai fait cuire moi-même. » Il mit par terre le lait et le poisson.

Potiron dormait toujours. Pas question de le réveiller !

Mais… mais qu'y avait-il donc sur la table, à côté de lui ?… Une liste ! Une liste écrite au crayon. C'était parfait ! Oui-Oui pouvait partir faire les courses sans réveiller son ami.

Il mit la feuille de papier dans sa poche et trotta vers sa voiture. Vroum ! Il fila bien vite.

C'est Potiron qui sera content quand il verra en se réveillant que Oui-Oui a fait toutes ses courses !

Le petit pantin passa pas mal de temps dans les magasins. La liste de Potiron était assez inattendue. « Une taie d'oreiller, un drap, une serviette de toilette, deux

paires de chaussettes, une chemise rouge, un pyjama, une nappe… » Eh bien, Potiron semblait vraiment à court de linge et de vêtements !

« Heureusement, je connais ses goûts, et je sais ce qu'il faut lui acheter. Mais jamais je n'aurai assez d'argent ! Tant pis, je vais demander qu'on me fasse crédit, et Potiron ira payer quand il sera guéri. »

Oui-Oui acheta donc tout

ce qui était marqué sur la liste. Quand il eut terminé, sa voiture était pleine de paquets. Il revint alors sans perdre de temps à la maison-champignon, vida sa

voiture et apporta tous les paquets dans la chambre de son ami. Potiron était réveillé.

« Bonjour, Oui-Oui ! fit-il d'une voix faible.

— Allons, s'écria Oui-Oui, ne fais pas cette tête-là ! Je suis sûr que si tu te mettais à rire aux éclats, tu te sentirais beaucoup mieux !

— De quoi veux-tu que je rie ? Il ne m'arrive rien de drôle en ce moment ! Oui-Oui, d'où sortent tous ces paquets ?

— Je suis allé faire tes commissions. Regarde, voici un splendide drap rose à fleurs, et la taie d'oreiller assortie, une magnifique serviette de toilette, deux

paires de chaussettes de laine fine, une chemise rouge comme celle que tu as déjà, un pyjama, une nappe… tout cela est vraiment joli, ne trouves-tu pas ? »

Potiron paraissait stupéfait. Il se redressa sur son lit.

« Pourquoi diable as-tu acheté tout ça ? Je t'avais fait une liste de commissions,… mais aucun de ces objets n'en faisait partie !… Tiens, regarde, la liste est toujours là, juste au pied de mon lit sur la chaise ! Je l'avais préparée pour que tu puisses la prendre si tu venais pendant que je dormais.

— Oh ! que je suis bête !

fit Oui-Oui tout désolé. J'ai pris la liste qui était sur la table… Cette liste-là ! »

Il la tendit à Potiron.

Potiron la prit, la regarda, la lut jusqu'au bout, puis la relut encore.

Alors il se renversa sur ses oreillers et se mit à rire, mais à rire, à rire à s'en faire éclater le ventre… Ah ! Comme il riait ! Oui-Oui ne l'avait jamais vu rire de cette façon avant ce jour-là.

« Ha ! ha ! ha !… Hi ! hi !

hi !... Ho ! ho ! ho !... Oui-Oui, tu me feras mourir de rire ! Ha ! Ha ! Ha !

— Qu'est-ce qu'il y a ? demanda Oui-Oui, soudain inquiet.

— Oui-Oui, j'avais écrit deux listes. Une liste de commissions pour toi, et l'autre était ma liste de blanchissage. C'est Léonie Laquille qui me lave mon

linge, et elle devait venir passer le prendre aujourd'hui. C'est pourquoi je lui avais préparé cette liste. Mon linge sale est là, dans ce gros sac ! Un drap, une taie d'oreiller, un pyjama, deux… »

Oui-Oui l'interrompit en gémissant.

« Oh ! Potiron, j'ai pris la mauvaise liste. J'ai acheté tout ce que tu avais marqué sur ta liste de blanchissage, et j'ai dépensé énormé-

ment d'argent. Et les factures ne sont pas toutes payées. Tu vas avoir encore à donner une très grosse somme ! »

Le pauvre Oui-Oui éclata en sanglots.

Mais Potiron se remit à rire :

« Ha ! Ha ! Ha ! Ha ! Ne pleure pas, Oui-Oui ! Tu me disais que j'avais besoin de rire aux éclats, eh bien, c'est fait ! Voilà des jours et des jours que je n'avais autant ri. Ha ! Ha ! Tu as acheté

toute ma liste de blanchissage !
Je me sens mieux, Oui-Oui !
Oui, réellement, je me sens
beaucoup mieux. Je vais me
lever. Je crois que tu m'as
guéri. »

Et — oh ! surprise ! — Potiron se leva d'un bond et commença à s'habiller.

« Viens, Oui-Oui, nous allons prendre ta voiture et rapporter dans les magasins tout ce que tu as acheté. Nous les ferons tellement rire en leur racontant l'histoire que les vendeurs ne refuseront pas de reprendre leurs marchandises ! Prends la bonne liste, nous en profiterons aussi pour acheter ce dont j'ai réellement

besoin. Allons-y, Oui-Oui ! Hi ! Hi ! Hi ! »

Ils s'installèrent donc tous les deux dans la petite voiture jaune de Oui-Oui. Avant de démarrer, celui-ci jeta un

coup d'œil sur la bonne liste et fut vraiment content d'y voir inscrit : « Une énorme glace à la fraise ».

Potiron n'arrivait pas à s'empêcher de rire. Il avait vraiment meilleure mine !

Quand ils arrivèrent dans les rues de Miniville, tout le monde s'arrêta pour regarder rire Potiron.

« Ha ! Ha ! Hi ! Hi !... »

Vous aussi, vous auriez dû l'entendre !

Table

1. Où est ton bonnet, Oui-Oui ? 7
2. Le goûter chez Potiron 27
3. Oui-Oui fait les courses 47
4. La guérison de Potiron 73

Dans la même série…

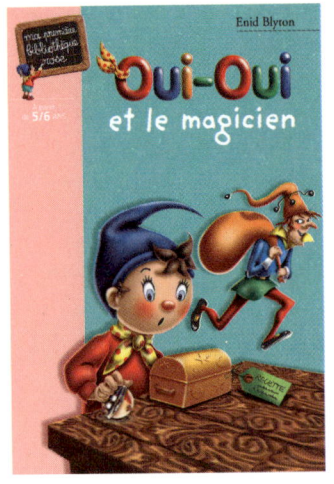

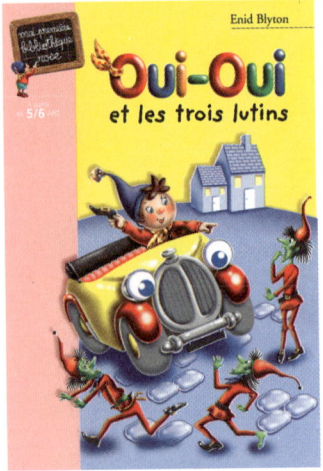